月夜和眼镜

[日] 小川未明 | 著
游珮芸 | 译　林廉恩 | 绘

深圳出版社

图书在版编目（CIP）数据

月夜和眼镜 / (日) 小川未明著 ; 游珮芸译 ; 林廉恩绘. -- 深圳 : 深圳出版社, 2023.9
ISBN 978-7-5507-3783-9

Ⅰ. ①月… Ⅱ. ①小… ②游… ③林… Ⅲ. ①童话－日本－现代 Ⅳ. ① I313.88

中国国家版本馆CIP数据核字(2023)第043083号

版权登记号　图字：19-2023-087

月夜和眼镜

YUEYE HE YANJING

出 品 人　聂雄前
责任编辑　何　滢
责任校对　黄　腾
责任技编　梁立新
装帧设计　焦泽亮

出版发行　深圳出版社
地　　址　深圳市彩田南路海天综合大厦（518033）
网　　址　www.htph.com.cn
订购电话　0755-83460239（邮购、团购）
印　　刷　深圳市新联美术印刷有限公司
开　　本　787mm×1092mm　1/32
印　　张　3.5
字　　数　66 千字
版　　次　2023 年 9 月第 1 版
印　　次　2023 年 9 月第 1 次
定　　价　35.00 元

月夜和眼镜

这个地方，不论小镇或原野，到处都长满了青草和绿树。

这是在一个静谧、月光如水的夜晚里所发生的事。

静悄悄的小镇尽头，住着一位老奶奶，此刻她正独自坐在窗台旁，缝制着衣裳。

油灯的光芒平和地照亮着屋内。

老奶奶已经上了年纪，视线模糊，常常不能把线顺利穿进针孔里。

她一次又一次地借着灯光，凝视着针孔，一面用满是皱纹的手捻着线。

水蓝色的月光笼罩着整个世界，树木、房屋、远处的小山岗，仿佛都沉浸在微温的水中。

老奶奶一边做着针线活，一边回忆着自己年轻时的生活，想着远方的亲戚，还有住在外地的孙女。

四周安静极了，只听到闹钟在橱柜上发出滴滴答答的声响。

偶尔，从小镇较热闹的街区传来小贩的叫卖声，或是汽车驶过的引擎声，不过因为隔得太远了，一切听起来都很不真实。

老奶奶舒舒坦坦地坐在那里，好像忘了自己身在何处，忘了正在做什么似的，迷迷糊糊有种做梦的感觉。

就在这时候，门外响起了咚咚的敲门声。

老奶奶把身子倾向门边，用她那不太灵光的耳朵，仔细听着。

这么晚了，不该有人来拜访呀。

她想，可能是风吹过的声音吧。

风总是漫不经心地穿过小镇和原野。

这时，窗外传来一阵微弱的脚步声，异于往常，老奶奶居然听到了这串脚步声。

“老奶奶，老奶奶。”一个声音叫着。

老奶奶怀疑自己可能听错了，停下了手上的针线活。

“老奶奶，请打开窗户吧。”外面的声音还在叫着。

是谁呢？

老奶奶疑惑地站起身来，打开窗。

窗外的世界，被水蓝色的月光照得像白昼一般光亮。

只见窗外站着一个矮矮的男人，戴着黑色的眼镜，留着小胡子，正抬头看着窗内的老奶奶。

“我不认识你啊，你是谁？”老奶奶看着这个陌生的男人说道，以为他找错人了。

“噢，我是个眼镜推销员，我有各式各样的眼镜。我是第一次来到这个小镇，这个小镇真漂亮，让人心旷神怡。趁着今晚月色好，我就到处走走，看看有没有人需要眼镜。”那个男人说。

老奶奶正为老眼昏花，线穿不过针孔而苦恼着，于是就试探地问道：“那你有没有适合我戴的眼镜呢？”

眼镜推销员打开提在手上的箱子，在里面翻翻找找。

不一会儿，就向把头探出窗外的老奶奶，递去一副玳瑁镜框的大眼镜："保证您什么都能看得一清二楚！"

在那个男人站着的地方，有红色、白色和蓝色的花朵，在月光下都盛开了，笼罩在一片迷蒙的月色中。

花朵在空气中散发着清香。

老奶奶试着戴上眼镜，闹钟上的数字一个个都看清楚了。老奶奶甚至觉得自己回到了几十年前做小姑娘的时代，那时候也像这样，什么东西都看得清清楚楚的。

8 9 10 11 12
15 16 17
18 19 20 21

“噢，这个我要了！”老奶奶非常高兴地买下了眼镜。

付过钱，那个戴着黑色眼镜、留着小胡子的眼镜推销员就走了。

他的身影消失了，但那些花草仍然在月光下散发着芬芳。

老奶奶关上窗，又坐回原来的地方。这下她可以毫不费劲地穿针了。

她把眼镜戴上去，又取下来，就像一个小孩子得到一件稀奇的宝贝一样，总要拿在手里把玩一番。

因为从来没有戴过眼镜，忽然一下戴上，周围一切都变了样。

已经很晚了，老奶奶取下眼镜，放在柜子上的闹钟

旁边，准备收拾东西睡了。

这时候，门外又传来咚咚的敲门声。

她侧耳倾听，“真是个奇怪的夜晚啊！又是谁呢，都这么晚了……”

她瞄了一眼闹钟，虽然外面月色明亮，但实际上夜已经很深了。

老奶奶站起来，走到门口。

听上去像是一只小手在敲门。

咚咚的声音听起来十分可爱。

“可是，都这么晚了……”老奶奶自言自语道，还是打开了门。是一个十二三岁的女孩，泪眼汪汪地站在门口。

“你是谁家的孩子呀，这么晚了，为什么还来敲我家的门呢？”老奶奶惊讶地问道。

“我在镇上的香水工厂做工。每天把从白玫瑰里采集来的香水装进瓶子。所以，每天都很晚才回家。今天刚下班，看到月色很好，就一个人散步赏月，结果被石头绊了一跤，把脚趾划了这么

大的伤口。我痛得受不了，血又流个不停。可是现在大家都睡了，经过这里的时候，看到您还没睡，我知道您是一位热心和蔼的老奶奶，所以就上前来敲了您的门。”

这是个长头发、漂亮的

女孩子，当她说话的时候，老奶奶觉得有一阵奇异的香气扑面而来。

“这么说，你认识我？”

“嗯，我常常从这里经过，看到您坐在窗台边缝衣裳。”女孩回答。

“啊，真是个好孩子。噢，把你的伤口给我看看，我好给你上药啊。”老奶奶说着，把女孩牵引到灯光的附近。

于是女孩子伸出可爱的小脚，只见雪白的脚趾上流着鲜红的血。

“哎呀，真可怜，是碰到石头，被划破的吧？”老奶奶嘴里虽这样说着，其实她老花眼，看不清血是从哪里流出来的。

“我的眼镜放在哪儿呢？”老奶奶在柜子上找着。

眼镜就在闹钟旁，她赶紧戴上，要仔细瞧瞧女孩的伤口。

老奶奶正想好好端详一下这个经常从自家门前经过的漂亮女孩子的长相，可是仔细一瞧，老奶奶愣住了——这哪里是个女孩子，分明是

一只小蝴蝶！

老奶奶想起，曾听说在寂静的月夜，蝴蝶常会化为人形，去拜访那些到很晚都还没睡的人家。

这是一只脚上受了伤的蝴蝶呀。

“好孩子，跟我来吧。”老奶奶和蔼地说，然后站起身来，朝屋外的花园走去。

女孩默默地跟在老奶奶后面。

花园里各种各样的花朵正盛开着。

白天，总有许多蝴蝶和蜜蜂在这里聚会，热闹极了。

现在，它们大概正在花丛里做着甜美的梦，四周一片寂静。

只有清澈如水的淡蓝色月光流淌着。

篱笆旁，一丛白色的野玫瑰正茂盛地开着，仿佛一团白雪。

“咦，小女孩到哪儿去了？”老奶奶回头张望，不知什么时候，跟在老奶奶后面的女孩消失了，无声无息地。

“大家都睡了，我也该睡啦。”老奶奶说着，走回了屋内。

这真是一个

美好的月夜。

【导读】

日本“童心主义”旗手——小川未明

游珮芸（台东大学儿童文学研究所副教授）

以小说家起步，而后成为专业儿童文学作家的小川未明，是近代日本儿童文学的重要作家之一；一八八二年出生，一九六一年去世。在小川七十九年的人生中，评论家对其儿童文学主张及作品的评价起起落落，至今仍无定论，精彩的程度，不亚于一部日本近代儿童文学史。

小川未明本名健作，出生于日本海沿岸、常年积雪的新潟县。小川作品中的基调——对北方

的乡愁，对南方的憧憬——来自他从小生长的环境与大自然。一九〇二年，二十岁的小川离乡到东京专门学校（后来改名为早稻田大学）就读，在校期间开始从事小说创作。一九〇五年在《新小说》杂志上发表的《雨雪里的雪珠》，奠定了他在文坛的地位；一九一〇年出版第一本童话集《红船》，其中收录的《红船》被誉为日本最初的“艺术童话”；一九二六年发表“童话作家宣言”，从此成为“专业”的儿童文学作家，共为后世留下一千余篇童话作品。

“童心主义”潮流

“童心主义”是二十世纪二十年代出现在

日本教育界及儿童文学界的最受瞩目的思潮。

一九二一年六月号的《早稻田文学》中，小川未明的《我写童话时的心情》中的这一段话，把他所提倡的“童心主义”表达得淋漓尽致：

“没有任何东西，比孩子的心更能自由地展翅飞翔。也没有任何东西，比孩子的心更纯洁。只有在年少时代，能毫不掩藏真情——看到美的事物觉得美，遇到悲伤的事觉得悲哀，对不合理的事感到愤慨……诉诸如此纯真的情感以及未受污染的良心的裁断，而且能创作出年少时代独有的梦幻世界，使读者能陶醉于其美丽与哀愁的气氛中，这即是我所追求的童话。何谓善、何谓恶，唯有纯真的孩子的良心才能决断，这即是这门艺术（童话）的伦理观。”

乍看这段文字，即可窥知“童心主义”深受西方浪漫主义“儿童为成人之父”主张的影响。自十九世纪后期明治维新以来，在富国强兵的号召下，日本儿童被编入现代化学制里，成为“国家”未来的主人翁，所有的教育目的都是培养健全的“小国民”。到了社会安定、文化趋于成熟的大正时期（1912—1926），主张尊重孩子的个性与人格的“自由教育”，让崇尚“童心主义”的童谣、童话、童书的普及运动成为时尚风潮。

在儿童文学方面，有铃木三重吉创办的《赤

鸟》杂志。师从日本文豪夏目漱石门下的铃木，号召大批当时著名作家为儿童写作，希望一扫坊间粗糙商业化的儿童出版物，提供高尚的“艺术童话”。而小川未明也是这一风潮的旗手之一。

小川未明的童话世界

小川未明早期的作品，一反明治时代封建且说教意味浓厚的儿童故事主流，既不说教，也不讨好读者。故事的主角，既不是以往儿童读物中常见的王子或公主，也不是令人崇拜的英雄，而是普普通通的人，特别是贫困的小孩。在作品里，小川从这些贫困的少男少女的日常生活中捕捉人生的美，也用象征性的笔触描写孩子的内心世界。

另一方面，在穷困的作家生活中，小川痛失一儿一女，使得他更敏锐地感受到社会的各种矛盾与不平，在作品中处处流露出对弱者的同情及对不义之事的反抗。

在《我写童话时的心情》发表后的第二年，小川未明创作了《月夜和眼镜》，描绘在新绿时节某个月光如水的夜晚产生的浪漫幻想，细腻笔触营造出的情境唯美得令人陶醉，没有说教没有控诉，这是他所追求的童话，也如实反映了他这时期的童话创作观。

日本儿童文学史的评价

小川未明提倡童话的艺术价值，反商业化、反威权，礼赞赤子之心，发掘成人心中的“童心”，在日本近代儿童文学的发展史上占据重要地位。不过，第二次世界大战前，写实主义以及通俗文学作家曾批判小川的作品过于抽象；二十世纪五十年代后半期到六十年代初期的新一代日本儿童文学作家、评论家，则批判小川未明过度理想化的儿童观，认为小川浪漫主义式“心灵风景”的写作手法阻碍了长篇作品的发展，而且以成人的“童心”为准，忽略了周遭活生生的孩子的描写，等等。然而七十年代以后，又出现了肯定小川作品的声音。虽不是全面肯定，却也指出小川童话的独特性与共通性。

日本儿童文学界对小川未明评价的反反复复，不但反映日本儿童文学观变革的历程，也反证了小川未明在日本儿童文学史上的重要性。

月《つき》夜《よ》とめがね

小川未明《おがわみめい》

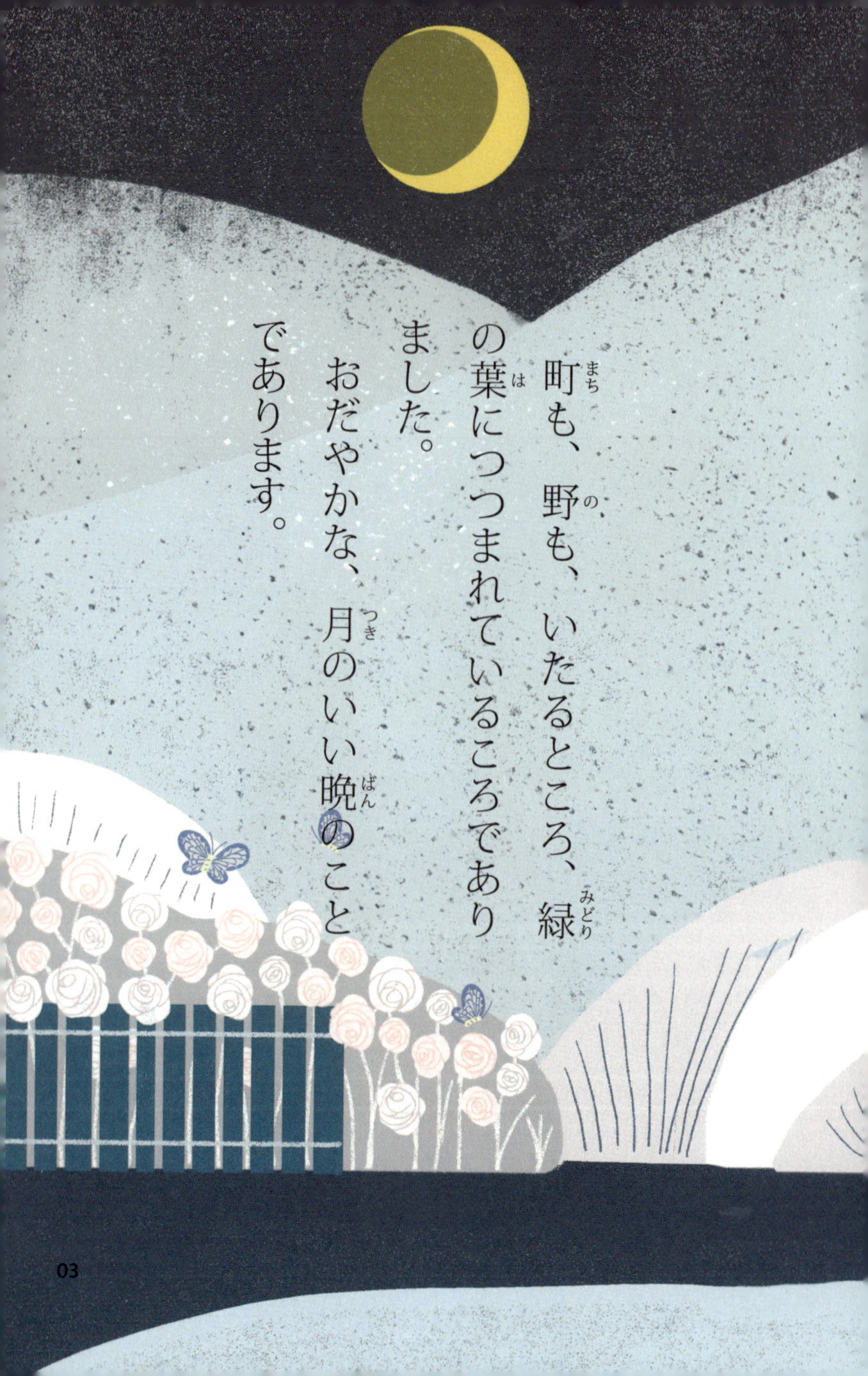

町《まち》も、野《の》も、いたるところ、緑《みどり》の葉《は》につつまれているころでありました。
おだやかな、月《つき》のいい晩《ばん》のことであります。

しずかな町《まち》のはずれにおばあさんは住《す》んでいました。が、おばあさんは、ただひとり、窓《まど》の下《した》にすわって、針《はり》しごとをしていました。

ランプの火《ひ》が、あたりを平和《へいわ》に照《て》らしていました。おばあさんは、もういい年《とし》でありましたから、目《め》がかすんで、針《はり》のめどによく糸《いと》が通《とお》らないので、ランプの火《ひ》に、いくたびも、すかしてながめたり、また、しわのよった指《ゆび》さきで、ほそい糸《いと》をよったりしていました。

月《つき》の光《ひかり》は、うす青《あお》く、この世界《せかい》を照《て》らしていました。なまあたたかな水《みず》の中《なか》に、木立《こだち》も、家《いえ》も、丘《おか》も、みんなひたされたようであります。おばあさんは、こうしてしごとをしながら、自分《じぶん》のわかいじぶんのことや、また、遠方《えんぽう》のしんせきのことや、はなれてくらしている孫娘《まごむすめ》のことなどを、空想《くうそう》していたのであります。

目《め》ざまし時計《とけい》の音《おと》が、カタ、コト、カタ、コトとたなの上《うえ》できざんでいる音《おと》がするばかりで、あたりはしんとしずまっていました。

ときどき町《まち》の人通《ひとどお》りのたくさんな、にぎやかな巷《ちまた》の方《ほう》から、なにか物売《ものう》りの声《こえ》や、また、汽車《きしゃ》の行《い》く音《おと》のような、かすかなとどろきがきこえてくるばかりであります。

おばあさんは、いま自分《じぶん》はどこにどうしているのかすら、思《おも》いだせないように、ぼんやりとして、

ゆめをみるようにおだやかな気持《きもち》ですわっていました。

このとき、外《そと》の戸《と》をコト、コトたたく音《おと》がしました。

おばあさんは、だいぶ遠《とお》くなった耳《みみ》を、その音《おと》のする方《ほう》にかたむけました。いまじぶん、だれも

たずねてくるはずがないからです。きっとこれは、風《かぜ》の音《おと》だろうと思《おも》いました。風《かぜ》は、こうして、あてもなく野原《のはら》や、町《まち》を通《とお》るのであります。

すると、こんどは、すぐ窓《まど》の下《した》に、小《ちい》さな足音《あしおと》がしました。おばあさんは、いつもににず、それをききつけました。

「おばあさん、おばあさん。」と、だれかよぶのでありますす。

おばあさんは、さいしょは、自分《じぶん》の耳《みみ》のせいではないかと思《おも》いました。そして、手《て》を動《うご》かすのをやめていました。

「おばあさん、窓《まど》をあけてください。」と、また、だれかいいました。

おばあさんは、だれが、そういうのだろうと思《おも》って、立《た》って、窓《まど》の戸《と》をあけました。外《そと》は、青白《あおじろ》い月《つき》の光《ひかり》が、あたりをひるまのように、明《あか》るく照《て》らしているのであります。

まどの下《した》には、背《せ》のあまり高《たか》くない男《おとこ》が立《た》って、上《うえ》をむいていました。男《おとこ》は、黒《くろ》いめがねをかけて、ひげがありました。

「私《わたし》はおまえさんを知《し》らないが、だれですか。」と、おばあさんはいいました。

おばあさんは、見《み》しらない男《おとこ》の顔《かお》を見《み》て、この人《ひと》はどこか家《いえ》をまちがえてたずねてきたのではないかと思《おも》いました。

「私《わたし》は、めがね売《う》りです。いろいろなめがねをたくさん持《も》っています。この町《まち》へは、はじめてですが、じつに気持《きもち》のいいきれいな町《まち》です。今夜《こんや》は月《つき》がいいから、こうして売《う》って歩《ある》くのです。」と、その男《おとこ》はいいました。

おばあさんは、目《め》がかすんで、よく針《はり》のめどに、糸《いと》が通《とお》らないでこまっていたやさきでありましたから、「私《わたし》の目《め》にあうような、よく見《み》えるめがねはありますかい。」と、おばあさんはたずねました。

男《おとこ》は手《て》にぶらさげていた箱《はこ》のふたをひらきました。そして、その中《なか》から、おばあさんにむくようなめがねをよっていましたが、やが

て、一《ひと》つのべっこうぶちの大《おお》きなめがねを取《と》り出《だ》して、これを、窓《まど》から顔《かお》を出《だ》したおばあさんの手《て》にわたしました。

「これなら、なんでもよく見《み》えることうけあいです。」と、男《おとこ》はいいました。

窓《まど》の下《した》の男《おとこ》が立《た》っている足《あし》もとの地面《じめん》には、白《しろ》や、赤《あか》や、青《あお》や、いろいろの草花《くさばな》が、月《つき》の光《ひかり》をうけてくろずんで咲《さ》いて、におっていました。

おばあさんは、このめがねをかけてみました。そして、あちらの目《め》ざまし時計《とけい》の数字《すうじ》や、暦《こよみ》の字《じ》などを読《よ》んでみましたが、一字《いちじ》、一字《いちじ》がはっきりとわかるのでした。それは、ちょうど、いく十年《じゅうねん》前《まえ》の娘《むすめ》のじぶんには、おそらく、こんなになんでも、はっきりと目《め》にうつったのであろうと、おばあさんに思《おも》われたほどです。

8 9 10 11 12
15 16 17
18 19 20 21

おばあさんは、大《おお》よろこびでありました。「あ、これをおくれ。」といって、さっそく、おばあさんは、このめがねを買《か》いました。

おばあさんが、お金《かね》をわたすと、黒《くろ》いめがねをかけた、ひげのあるめがね売《う》りの男《おとこ》は、たち去《さ》ってしまいました。男《おとこ》のすがたが見《み》えなくなったときには、草花《くさばな》だけが、やはりもとのように、夜《よる》の空気《くうき》の中《なか》ににおっていました。

おばあさんは、窓《まど》をしめて、また、もとのところにすわりました。こんどはらくらくと針《はり》のめどに糸《いと》を通《とお》すことができました。おばあさんは、めがねをかけたり、はずしたりしました。ちょうど子《こ》どものようにめずらしくて、いろいろにしてみたかったのと、もう一《ひと》つは、ふだんかけつけないのに、きゅうにめがねをかけて、ようすがかわったからでありました。

おばあさんは、かけていためがねを、またはずしました。それをたなの上《うえ》の目《め》ざまし時計《とけい》のそばにのせて、もう時刻《じこく》もだいぶおそいからやすもうと、しごとをかたづけにかかりました。

このとき、また外《そと》の戸《と》をトン、トンとたたくものがありました。

おばあさんは耳《みみ》をかたむけました。

「なんというふしぎな晩《ばん》だろう。また、だれかきたようだ。もう、こんなに……」

と、おばあさんはいって、時計《とけい》を見《み》ますと、外《そと》は月《つき》の光《ひかり》に明《あ》かるいけれど、時刻《じこく》はもうだいぶふけていました。

おばあさんは立《た》ちあがって、入《い》り口《ぐち》の方《ほう》に行《い》きました。小《ちい》さな手《て》でたたくとみえて、トン、トンというかわいらしい音《おと》がしていたのであります。

「こんなにおそくなってから……」と、おばあさんは口《くち》のうちでいいながら戸《と》をあけて見《み》ました。すると、そこには、十二三《じゅうにさん》の美《うつく》しい女《おんな》の子《こ》が目《め》をうるませて立《た》っていました。

「どこの子《こ》かしらないが、どうしてこんなにおそくたずねてきましたか？」と、おばあさんはいぶかりながら問《と》いました。

「私《わたし》は、町《まち》の香水製造場《こうすいせいぞうじょう》にやとわれています。毎日《まいにち》、毎日《まいにち》、白《しろ》ばらの花《はな》からとった香水《こうすい》をびんにつめています。そして、夜《よる》、おそく家《いえ》に帰《かえ》ります。今夜《こんや》も働《はたら》いて、ひとりぶらぶら月《つき》がいいので歩《ある》いてきますと、石《いし》につまずいて、指《ゆび》をこんなにきずつけてしまいました。私《わたし》は、いたくて、いたくてがまんができないのです。血《ち》が出《で》てとまりません。もう、どの家《うち》もみんなねむってしまいました。こ

の家《うち》の前《まえ》を通《とお》ると、まだおばあさんが起《お》きておいでなさいます。私《わたし》は、おばあさんがごしんせつな、やさしい、いいかただということを知《し》っています。それでつい、戸《と》をたたく気《き》になったのであります。」と、髪《かみ》の毛《け》の長《なが》い、美《うつく》しい少女《しょうじょ》はいいました。

おばあさんは、いい香水《こうすい》のにおいが、少女《しょうじょ》のからだにしみているとみえて、こうして話《はな》しているあいだに、ぷんぷんと鼻《はな》にくるのを感《かん》じました。

「そんなら、おまえは、私《わたし》を知《し》っているのですか。」

と、おばあさんはたずねました。

「私《わたし》は、この家《いえ》の前《まえ》をこれまでたびたび通《とお》って、おばあさんが、窓《まど》の下《した》で針《はり》しごとをなさっているのを見《み》て知《し》っています。」と、少女《しょうじょ》は答《こた》えました。

「まあ、それはいい子《こ》だ。どれ、そのけがをした指《ゆび》を、私《わたし》に見《み》せなさい。なにか薬《くすり》をつけてあげよう。」と、おばあさんはいいました。そして、少女《しょうじょ》をランプの近《ちか》くまでつれてきました。少女《しょうじょ》はかわいらしい指《ゆび》を出《だ》して見《み》せました。すると、まっ白《しろ》な指《ゆび》から赤《あか》い血《ち》が流《なが》れていました。

「あ、かわいそうに、石《いし》ですりむいて切《き》ったのだろう。」と、おばあさんは、口《くち》のうちでいいましたが、目《め》がかすんで、どこから血《ち》が出《で》るのかよくわかりませんでした。

「さっきのめがねはどこへいった。」と、おばあさんは、たなの上《うえ》をさがしました。

めがねは、目《め》ざまし時計《とけい》のそばにあったので、さっそく、それをかけて、よく少女《しょうじょ》のきず口《ぐち》を、見《み》てやろうと思《おも》いました。

おばあさんは、めがねをかけて、この美《うつく》しい、たびたび自分《じぶん》の家《いえ》の前《まえ》を通《とお》ったという娘《むすめ》の顔《かお》を、よく見《み》ようとしました。すると、おばあさんはたまげてしまいました。それは、娘《むすめ》ではなく、

きれいな一《ひと》つのこちょうでありました。

おばあさんは、こんなおだやかな月夜《つきよ》の晩《ばん》には、よくこちょうが人間《にんげん》にばけて、夜《よる》おそくまで起《お》きている家《いえ》を、たずねることがあるものだという話《はなし》を思《おも》いだしました。そのこちょうは足《あし》をいためていたのです。

「いい子《こ》だから、こちらへおいで。」と、おばあさんはやさしくいいました。
そして、おばあさんはさきに立《た》って、戸口《とぐち》から出《で》

てうらの花園《はなぞの》の方《ほう》へとまわりました。

少女《しょうじょ》はだまって、おばあさんのあとについて行《い》きました。

花園《はなぞの》には、いろいろの花《はな》が、いまをさかりと咲《さ》いていました。ひるまは、そこに、ちょうや、みつばちが集《あつ》まっていて、にぎやかでありましたけれど、いまは、葉《は》かげでたのしいゆめをみながらやすんでいると

みえて、まったくしずかでした。

ただ水《みず》のように月《つき》の青白《あおじろ》い光《ひかり》が流《なが》れていました。あちらのかきねには、白《しろ》い野《の》ばらの花《はな》が、こんもりとかたまって、雪《ゆき》のように咲《さ》いています。

「娘《むすめ》はどこへ行《い》った？」と、おばあさんは、ふいに、立《た》ちどまってふりむきました。あとからついてきた少女《しょうじょ》は、いつのまにか、どこへすがたを消《け》したものか、足音《あしおと》もなく見《み》えなくなってしまいました。

「みんなおやすみ、どれ私《わたし》もねよう。」
と、おばあさんはいって、家《いえ》の中《なか》へ
はいって行《い》きました。

ほんとうに、いい月夜《つきよ》でした。

底本：「小川未明童話集」新潮文庫、新潮社
1977（昭和52）年6月10日第40刷